어쩐지 괜찮은 오늘

_____ 님께 사랑과 축복을 전하며

어쩐지
괜찮은 오늘

한은희 쓰고 그리다

딱구하늬

Contents

낯선 남자는
이 작품 앞에서 한참 머물렀다
나는 그의 뒤에서 한참 지켜봤다
무슨 생각을 하는 걸까?

나의 글이, 그림이, 글씨가
누군가에게 위로가 되길
희망이 되길
반성이 되길…
내가 그러했듯이

지나고 생각하면 별일 아니지만 힘겹기만 했던,
작은 관심에 감동해 실실거렸던,
분해서 잠 못 이뤘던,
그런 하루하루의 기록을 통해 마음을 보게 됩니다.
지치고 힘든 이들이 나의 글과 그림을 통해
웃으며 공감할 수 있으면 좋겠습니다.
'다들 이렇게 사는 구나'라며, 별 일 아닌 듯,
가벼운 마음으로 살아갈 수 있기를 바랍니다.

2016년 봄
한은희

꽃이
지고난후
아무도
묻지
않는다

시든꽃도
아름답다

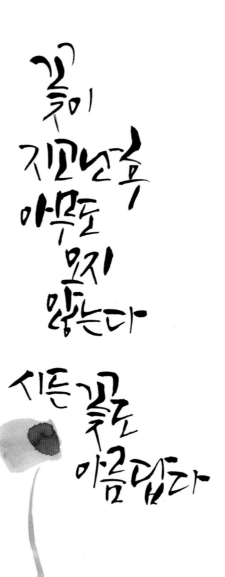

왜?

왜?

왜?

스스로에게 던져야 할 질문을

다른 사람에게 던지고 있다

결국, 문제도 답도 내 안에 있는데…

왜?

어쩌면 위로받고 싶었던 걸지도 모른다
"그래도 괜찮아"
그 한마디면 충분했는데…
야속하게 하나하나 지적하며
상처만 더했다

내 잘못을 콕콕 지적하는 친구를 보니
이런 생각이 든다

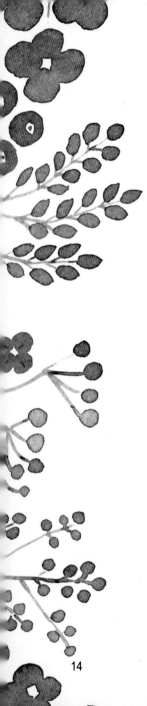

꽃샘추위

봄꽃에 샘이 나서
겨울은 또 한번
찬바람을 밀어친다

나는 재밌게 살고 싶다 죽을 때까지
나는 미치고 싶다 미치고 싶은 것에

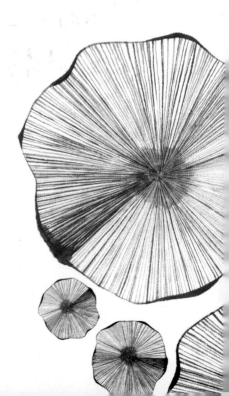

깨끗게,
재밌게 미치자

미쳐야 미친다
不狂不及

새로운 시도는
어려야 할 수 있단다
어리면 겁 없이 용감하니까
나는 여전히
뛰어들 수 있다
겁 없이 용감하게
나이 먹어서 뵈는 게 없는 거라고?
어쨌든
난 한다

일단, 도전합니다

정성은 티가 난다

순간순간
정성을 다하고
하루하루
정성을 다하고
한 해 한 해
정성을 다하고

쉴 때도
정성을 다해 쉬자
말끔히 쉬자

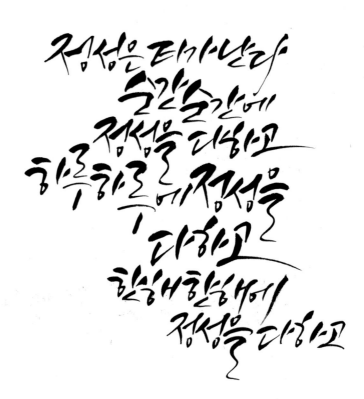

정성은 타가난다
순간순간에
정성을 다하고
하루하루에 정성을
다하고
한생애한생애에
정성을 다하고

진정한 승리자는

사랑합니다

세상은
나의 놀이터

3

언제쯤 '하자'가 아니라
지금 '한다'

許功

만족을 느끼는 데메는
그리 많은것이
필요하지 않다

눈이 온다
복잡하고 시끄러운 세상
소복이 덮는다

눈이 온다
세상이 하나가 된다

모든 사람이 선해진다

상상해봐
하늘에서 내려온 긴 줄이
내 정수리를 묶었고,
그 줄이 팽팽하다고

어때?
등이 쫙 펴지고
바른 자세가 나오지?
오늘 하루 그렇게 살자
꼿꼿하게

기다리던 버스가
내 앞에 정확하게 맞춰 섰다
승차 문이 열린다
기쁘다
행복은 선택이란다
숨어있는 행복찾기
이런 게 사는 재미지

숨은 행복 찾기

모든 반찬을 맛있게 먹는 방법
맛있는 반찬부터 먹는다
가장 맛있는 것 먹고 나서
남은 반찬 중에 또 가장 맛있는 것,
그중에서 또 가장 맛있는 것…
끝까지 맛있는 반찬만 먹을 수 있다

오늘 점심 밥상에 맛있는 반찬만 가득했는지
맛없는 반찬뿐이었는지
잠깐 생각해본다

보통의 하루

보통의 삶

보통인 나

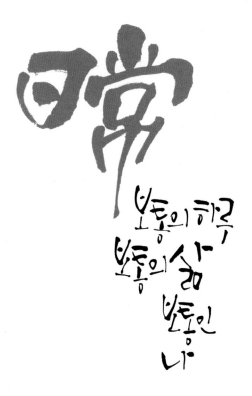

日常

보통의 하루
보통의 삶
보통인
나

딱 한 해만 생각하며 살자
하루하루 겨우 살아내는 건 불안하니까
일주일은 너무 빨리 지나가니까
한 달은 뭔가 이루기에 부족하지
한 해는 내가, 내 삶이 변신하기에 충분한 시간

곧 말도 안 된다는 걸 알게 되지만

0

1

2

3

4

5

6

7

8

9

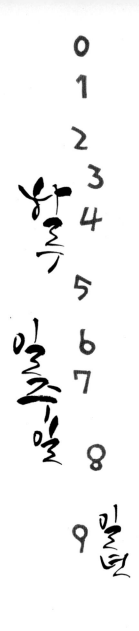

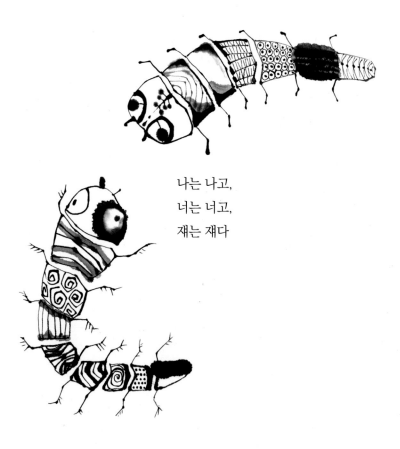

나는 나고,
너는 너고,
쟤는 쟤다

나는
너고,
너는 너고
쟤는

쟤다.

편의점 반숙계란
두 알 들어 있다
하나 깨기 위해
남은 한 알을 때렸다
때린 놈이 깨졌다

세상도 이러면 좋을텐데…
때린 놈만 아프고 상처 나고…

꽃, 초콜릿, 조각 케이크…
마음은 전해지고 짐이 되지 않는 선물
기쁘게 받고 깔끔하게 사라지는 선물

삶은 선물이라는데…
누군가에게 짐이 되지 않고
기쁘게 살다가 깔끔하게 사라지는
선물이 되길

삶이란 선물

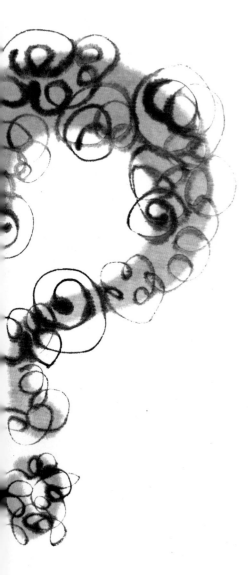

엉망진창으로 꼬였다
잘라버렸다

단원 하나하나를 살피면서도
전체의 흐름을 놓치지 않는 지휘자
당당하면서도 섬세한 지휘자의 뒷모습은 감동적이다
참 아름답다
세포 하나하나 살아있음이 느껴지는 순간

다정 작가의 SNS

몇 년 전 예쁜 친구가 생겼다
예쁜 영혼에 반해 시간이 되면
그녀의 작업실을 기웃거리곤 했다
긴 머리를 질끈 동여맨 내 모습을 기억했던 그녀가
직접 만든 빨간색 머리핀과 귀걸이를 선물로 주었다
머리를 자른 뒤였다
머리핀을 볼 때마다 미안해서
나는 지금 머리를 기르고 있다

머리핀을 볼때마다 미안해서
나는 지금 머리를 기르고 있다

그녀의 SNS

다정 작가님을 처음 보던 날
묶을 수 있는 긴 머리였다
작가님을 다시 보는 날 머리핀을 선물했는데
짧게 커트하셔서 선물이 무색해졌다
한참하고도 한참 후,
내가 선물한 머리핀을 하기 위해
머리를 기르신다는 글을 보았다
그리고 오늘, 무더운 여름날
겨울용 핀으로 머리를 묶고
내 작업실에 오셨다

눈물날 뻔 했다

지각인 줄 알면서도
베란다에서 화초와 진한 눈 맞춤을 하고
물을 듬뿍 주고서 집을 나선다
결국 지각하고 말았지만,
베란다 한 켠에서
웃고 있을 화초를 생각하니 미소가 번진다
이젠 안다
그런 사소한 기쁨들이
삶에 큰 에너지가 된다는 것을

작은 기쁨 속에 든
큰 에너지

같이 울고 슬퍼해주는 사람보다
내 슬픔 잊게 해주는 사람이 좋아요
내가 울고 있다면
토닥토닥 대신,
작은 꽃 한 송이, 귀여운 어린 고양이, 솜사탕, 한 조각 케이크…
이거면 충분해요
내가 웃기에 충분해요

혹여 울어주고 싶다면,
내 눈물 쏙 들어가도록
심히 오버해서 울어주세요

뜻하지 않은 일에 그리 긴장하지 않게 되었다
처음 만난 사람들과도 쉽게 어울릴 수 있다
잘못된 선택에 후회하기보다
또 다른 선택을 담담하게 살피게 되었다
조금 돌아온 것 뿐임을 이제는 아니까

내 나이 마흔 셋이
아름답다

더위를 식히는 한밤의 소나기
흙먼지 냄새 풍기는 거센 비가 창을 통해 조금씩 튄다
굳이 창을 닫지 않았다

오늘 올 수 없냐는 정숙언니의 문자
그냥 '네가 보고 싶은 날'이란다
바쁜 일 다 접고 갔다
내가 너무 좋아하는 사람이
그냥 내가 보고 싶다는데
이보다 중요한 일이 또 있겠나

그림을 그려야겠다
여든이 되어가는 우리 엄마가
초상화를 그려 달라고 하셨다
이유는 이것 하나로 충분하다

내사랑
울엄마

숫자 5가 좋다
남에게 두세 개를 떼어주어도 두세 개 남는다
넉넉하다

딱 숫자 5만큼의 여유로 살자
너무 많으면 소중함을 모를 테고,
너무 적으면 서운할 테니,
숫자 5만큼만 채우며

숫자 ち

독특한 내 친구
회사에서 왕따란다
그런데 살짝 즐기고 있다
왕따를
평범한 나는
숨쉬기도 버거운 더위에 마냥 걷는 게 좋다
살아있음을 느낀다
더위로

우린 잘 살아내고 있다

생각이 깊은 밤
사는 게 서럽다
눈물 나기 전에 자야겠다

현실은 바뀐 게 없지만,
자고 나니 그리 울 일도 아니었다

생각이 깊은 밤
시리게 서럽다

눈물나기전에
잠에겠다

이왕 우는 김에 왕창 쏟아낸다
몸 속의 수분을 모조리 뽑아내고
건조하게, 더 건조하게
이제 한 해는 눈물 없이
보낼 수 있겠다

접는다
다시펴기 어렵도록
접고, 접고 또 접는다
접힌 종이처럼
마음도 단단히 작아졌다
다시 펴지 않을 것처럼

오랜 후 애써 펴보니 별거 아니더라

접는다
접고
접고
또
접고
또

누군가에게 길들여진다는 것은
곧 외로워질 수 있다는 것

들킬까봐 한 겹,
다칠까봐 또 한 겹 가린다
외로운 내 마음
들키고 다쳐도 보여줄 걸

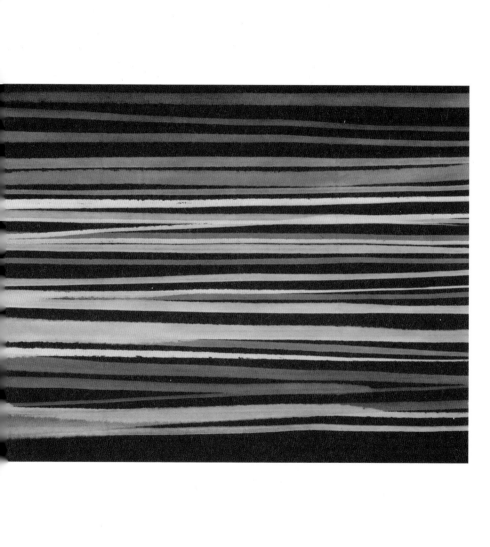

엄마한테 달려가 엉엉 울고 싶은데,
딴 사람은 괜찮아도
엄마 앞에서는 안 된다
이제는 안 된다

바보야
마음이 말한다
바보야
마음이 부른다

못들은 척한다
아무렇지 않은 척한다
진짜 바보다

밤바야
밤바야
밤바야
밤바야
밤바야
밤바야
밤바야

방아

밤바야
밤바야
밤바야
밤바야

눈물이 나서 하늘을 보니
눈물이 쏙 들어갔다
그런데 어쩐다
이제 마음이 운다
마음을 위해
다시 땅을 보고 눈물을 쏟았다
담지 않고 쏟았다

어쩐다
이제
마음이 문다

눈물을 쏟았다

담지 말고
쏟았다

슬며시 다가와
몸을 부비는 길고양이에게
해주고 싶은 말

쉽게
정주지
마라

나이가 들수록 자꾸 드는 생각

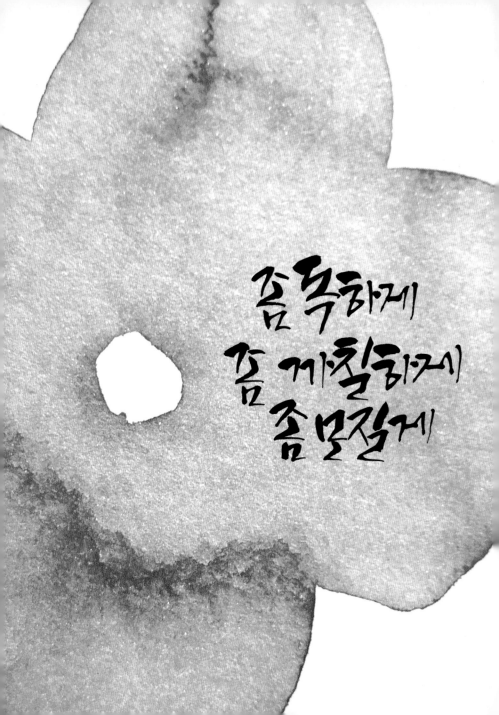

사는 거 별거 있나?
어제는 그랬다
젠장,
오늘은 세상이 별거 투성이다

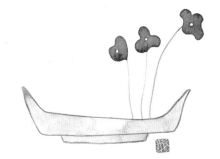

별이 아닌 세상에서
별이 찾기

나를 싫어하는 사람이 생겼다
괜찮다
살면서 이런 사람
하나쯤 있어야지 싶어
만들었다
모든 사람이 나를 좋아해야 한다는 건
정신 나간 생각이니까

정신 차리세요

욕도 좀 배우고 싶다고 친구에게 말했다
"사투리부터 배워라"
나한테는 사투리 섞인 욕이 어울린단다

지랄헌다
이렇게?

더 강해지자
바른 것을 지키고
옳지 않은 것은 끝까지 따지자
진실은 이겨야 하니까

진실은 이겨야 한다

커다란 고통이 사라지면
작았던 고통이 빈자리만큼 커진다

모든 건 상대적이다
고통을 확대 해석할 필요는 없다

믿기 싫어도,
사람들은 내게 그렇게 큰 관심 없다

쪽팔린다고
죽지말아

'피할 수 없다면 즐겨라'
좋은 말이다
그래도
일단은 피할 수 있을 만큼 피해보자

그리고 나서…
즐겨라

즐
겨
라

갖고 싶은 것보다
가진 것의 귀함을 알자

욕심내리기

숲만 봐도 안 되고, 나무만 봐도 안 된다
너무 많이 먹으면 비만, 너무 적게 먹으면 영양실조
화만 잘 내면 쌈닭, 화도 못 내면 바보
과거만 보는 사람은 미련하고, 미래만 보는 사람은 불쌍하다

적당하게 사는 거 너무 어렵다

자존심은 지키는 게 아니라
지켜지는 거다
지킬 수 있는 것만
지키며 살자

바르게 산다는 건 착하게 사는 걸까?
바르게 산다는 건 조용히 사는 걸까?
바르게 산다는 건 참고 사는 걸까?
바르게 산다는 건 욕 안 먹고 사는 걸까?

잘 모르겠다
그저 부끄럽지 않게 살아야겠다

화가 치밀던 날의 처방약
나나 잘하자

즐기되
머무르지 말고
서두르지도 말자

나는
너의
속도로

간다

사람은 안 변한다
스스로를 보면 안다

마음은
마음으로만 보인다
마음 크게 뜨고
잘 보자

眞心

누군가 주책스럽게
캐롤을 울릴지라도
흔들림없이
내시간들을 지킬수 있기를 ...
건투를 빈다

조금 더 담담해지면 꽃겠다

잔가지들만 조금

흔들리고

작은 망시퍼들만

조금 떨구고

그렇게 병믈 아니듯

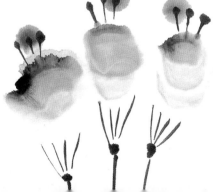

몸에 힘을 빼고
한 발만 뒤로
너무 뒤로 가진 말고,
더 많은 것을 보기 위한
딱 한 발의 뒷걸음

한 발 뒷걸음

한참을 돌고 돌아
길을 찾았다
어쩌면 이 길도
아닐지 모른다
그럼 또 찾으면 되지

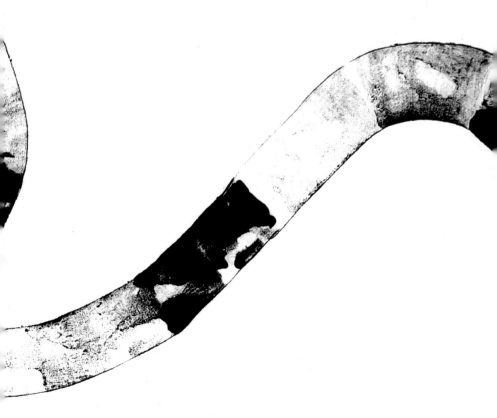

바람에 온몸을 맡긴 풀은

꺾이지 않고

뽑히지 않는다

부딪치고 쓰러지고 흔들린다

그렇게 맡겨버리자

그렇게 견뎌내자

포기하지 않고
계속하니까

'무엇'보다
'어떻게'가 더 중요하다
어디에서든 살아남는 사람은 있다

그게 나일 수 있다

아픔은 누구에게나 있지만
그 무게는 각자 정한다
나는
저울의 시작점을
마이너스로 보냈다
잘했다

조연으로 태어나는 사람은 없다
스스로를 과소평가하지 말자
할 수 있다

할 수 있다

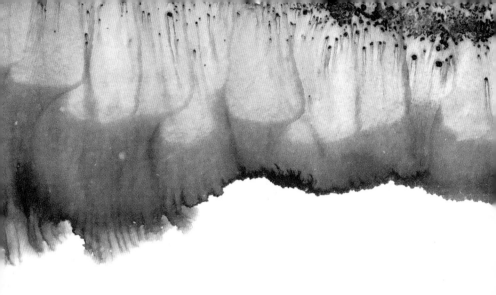

캄캄하다고
하늘의구름이
하늘의별이
하늘의달이
없는건
아니라

마흔 해 꼬박꼬박 봄은 왔다
앞으로도 계속 온다
겨울이 아무리 거칠었어도
봄은 온다

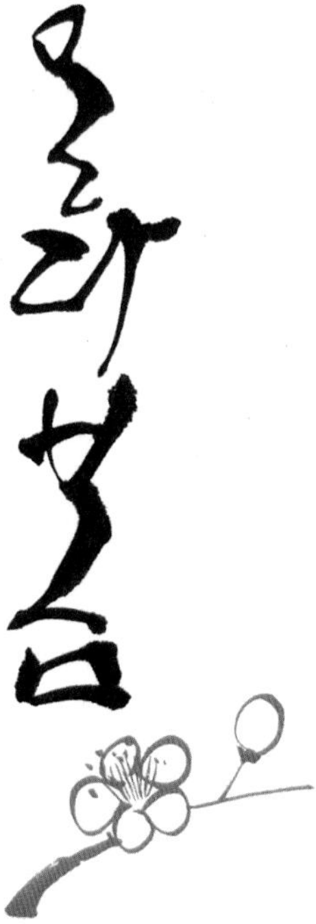

지치지 않을 마음과
나를 믿어주는
사람들이 있다

괜찮은 시작

하고 싶다면,
마음이 원한다면,
생각만으로도 기분이 좋다면…

동해물과 백두산이
마르고 닳도록
해보는구야

"네 맘 다 알아"

나도 모르는
내 맘을 안다는 당신
내가 좋아하는 당신의 거짓말

당신의
거짓말이
좋다

아무 말 없이 알쌈 주꾸미를
야무지게 싸먹는 친구와 나
친구란 이래서 좋다
침묵이 편안함일 수 있어서…

친구란
이래서
좋은 거다

살랑살랑 손으로
바람을 만들어
더위를 이긴다
내가 원하는 풍향과 풍속,
내 맘을 잘도 안다

답을 찾다가
답이 없음을 알았다
이게 답인가 보다

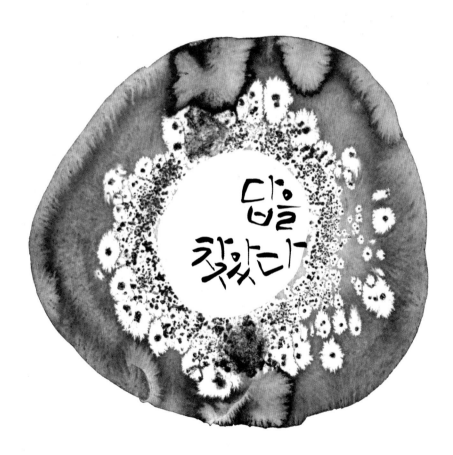

돌아올 집이 있어서
여행이 값지다

낯설지 않은 이 공간이 좋다

너는
꽃이다
나는
꽃이 좋다
정말 좋다

바쁘게 사는 나에게
더해지는 나이는 별 의미가 없었다
바쁘게 사는 나에게
외로움은 없었다
바쁘게 사는 나에게
슬럼프도 없었다

이상하다
바쁘게 싫다

작년에 세운 나의 지난 다짐
여전한 나의 다짐
여전할 나의 다짐

하기 싫어도
해야 할 일이라면
미루지 말자

하기싫어도...
해야할
일이라면
미루지말자

토끼를 좋아한다
소문이 났다
소문 때문에 더 좋아할 수밖에 없게 됐다
이젠 아주 오래전부터 토끼를 좋아했던 것 같다
어찌됐든 나는 토끼를 많이 좋아한다
그게 중요한 거지

○○를 좋아한다
○○를 좋아한다는 소문이 났다
소문 때문에 더 관심이 생겼다
이젠 아주 오래전부터 ○○를 좋아했던 것 같다
어찌됐든 지금 나는 그를 좋아하지 않는다
안타깝네

손자 무릎에 난 상처를 보고서 '할미가 호 해줄까?' 하신다
심각한 표정으로 끄덕이는 손자
세상엔 의학으로 밝힐 수 없는 특효약이 있다

사랑합니다
사랑사랑합니다
사랑합니다
사랑합니다
사랑합니다
사랑합니다
사랑합니다
사랑합니다
사랑

안보면 멀어진다

알고 지냈던 사람들이 서운하단다

들어 마땅하다

이렇게 생겨먹은 나는 죽을 때까지 이러지 싶다

그러니 보이는 곳에 계십시오 딱 붙어 계십시오

보이는 곳에
계십시오

딱 붙어 계십시오

지금 모습으로
나를 판단하지 마십시오
변신 에너지로 충전 중입니다

그게맞아?

나비도
이럴때가 있다규!!

소중한 사람에게
내 마음을 전해 보세요.

어쩐지 괜찮은 오늘

초판 1쇄 2016년 4월 15일 발행

지은이 한은희
펴낸이 유진희

펴낸곳 빛과향기
등록일 2000년 11월 3일 제399-2015-000005호
전화 031- 840 - 5964
팩스 031- 842 - 5964
이메일 kkoma1969@naver.com

ISBN 979-11-85584-35-5   03810

빛과향기는 독자여러분의 책에 관한 아이디어와 원고투고를 설레는 마음으로 기다리고 있습니다. 간단한 개요와 취지, 연락처 등을 이메일로 보내주세요.